AF263115

DIALOGUE

ENTRE BAZIN ET PHILIPPEAU,

AUX CHAMPS ÉLISÉES;

SUIVI

D'UN DEUXIÈME DIALOGUE

ENTRE BAZIN ET PIERRE.

SE VEND

Au Mans, chez RENAUDIN, imprimeur, rue des
Trois-Sonnettes, N.° 9.
Et chez les Marchands de Nouveautés.

Mars, 1818.

DIALOGUE

ENTRE BAZIN ET PHILIPPEAU,

AUX CHAMPS-ÉLISÉES.

PHILIPPEAU.

Vous voilà, mon cher Bazin; je m'étais attendu de vous voir plutôt dans ce séjour. Les ombres qui arrivaient de France me disaient que vous étiez dans les fers, que l'on faisait votre procès et que vous étiez sur le point d'être envoyé parmi nous.

BAZIN.

Il est vrai que j'ai vu plus d'une fois la mort de près. Cependant ce n'est point une sentence juridique qui m'a ravi la lumière du jour. J'ai reçu l'insulte la plus grave dans un lieu public. Je me suis battu en duel. Le sort des armes m'a été contraire. Voilà l'accident qui a terminé ma carrière orageuse et qui m'a amené dans le seul lieu où je puisse goûter le repos. Il n'y a point ici de roquentins pour le troubler.

PHILIPPEAU.

Qu'entends-je? Bazin, ce fier ennemi des préjugés, s'est rendu la victime du préjugé le plus insensé de tous.

BAZIN.

Votre réflexion est aussi superflue à présent qu'elle eût été inutile avant l'événement : l'homme de cœur obéit, en dépit de sa raison, à un préjugé qui déshonore ceux qui le bravent : Bazin préféra toujours l'honneur à la vie.

PHILIPPEAU.

Ce sobriquet de roquentins que vous aviez donné à certains citoyens a sans doute été la cause de votre malheur. Les roquentins sont vindicatifs.

BAZIN.

Oui, la mort a été le salaire d'une plaisanterie *innocente*....

PHILIPPEAU.

A présent que vous m'avez appris le genre de votre mort, donnez-moi des nouvelles de notre chère France. Je l'aime toujours, malgré l'injustice que j'y ai éprouvé.

Vous vous rappelez que la convention, dont j'étais membre, m'envoya comme commissaire dans la Vendée. Ma franchise naturelle ne me permit pas de taire des vérités que voulait dérober à la connaissance de la nation la faction qui dominait alors et qui ne cherchait qu'à tromper.

BAZIN.

Je me rappelle que vous pérîtes en digne martyr de la vérité. C'est un sort digne d'envie. Vous avez raison d'aimer toujours la nation française ; elle ne fut nullement complice de l'injustice commise envers vous. Elle a toujours honoré votre mémoire et détesté vos bourreaux.

PHILIPPEAU.

Cela console, mais cela ne ressuscite pas. C'est assez parler de nous. Parlons maintenant du Roi de France. Toutes les ombres qui arrivent ici depuis quelques années vantent sa bonté et sa sagesse.

BAZIN.

La flatterie n'habite point ce séjour. Louis XVIII mérite toutes sortes d'éloges. Il m'a réconcilié moi-même avec la royauté. Mais ce bon prince éprouve des contradictions pour être trop aimé.

PHILIPPEAU.

Expliquez-moi ce paradoxe.

BAZIN.

C'est qu'il a des amis violens, exclusifs, jaloux, intéressés. Ils prétendent l'aimer seuls, et voudraient, en revanche, être les seuls qu'il aimât. Ils voudraient régner sous son nom ; ils affectent de méconnaître sa voix dans celle de ses ministres.

PHILIPPEAU.

J'entends. C'est par anti-phrase que vous les nommez amis du Roi. Ce ne sont là que de faux amis.

BAZIN.

Ce qui me reste à vous dire achevera de vous convaincre de cette vérité. Celui qui s'est déclaré leur chef a imprimé que le Roi devrait se mettre à la tête de leur parti pour conquérir l'autre. Cependant les Français sont généralement soumis et affectionnés. Les républicains eux-mêmes, que l'expérience a détrompés de leur chimère, se sont ralliés autour du Roi et de la charte.

PHILIPPEAU.

Qu'entend donc le noble écrivain, en disant qu'il faudrait conquérir des sujets déjà soumis?

BAZIN.

Je n'oserais dire l'idée qui m'est venue dans l'esprit, en lisant ces étranges paroles. Je craindrais de prêter à M. de Châteaubriand une pensée qui ne doit point éclore dans la tête d'un pair de France. Est-ce là le langage d'un ami du Roi?

PHILIPPEAU.

Je vous loue de cette discrétion, avec d'autant plus de raison, que le noble pair ne ménage pas ses adversaires. Il les noircit du nom d'indépendans. Je le tiens d'une ombre que j'ai quittée lorsque je vous ai apperçu. Cette ombre me disait encore que, suivant M. de Châteaubriand, la charte devait être regardée comme le signal de la réunion entre tous les Français.

BAZIN.

Il tient présentement un tout autre langage. Ce n'est pas la première fois qu'il a dit le pour et le contre. Il en veut mortellement aux ministres. Il cherche à les accabler sous les fleurs de sa rhétorique. Il les accuse, entr'autres griefs, d'avoir *brisé* la chambre des députés.

PHILIPPEAU.

Comment ! *briser* une chambre. Cela est inoui. La chambre n'existe donc plus ?

BAZIN.

Si fait, vraiment : elle est brisée et non pas détruite. Il veut faire entendre par cette expression que la chambre est divisée en deux partis ; ce qui le fâche beaucoup, parce que ses amis n'y dominent pas.

PHILIPPEAU.

Si ce parti avait le dessus, je crois qu'il produirait les plus grands maux.

BAZIN.

Le génie bienfaisant qui préside aux destinées de la France saura bien la garantir d'un tel malheur. Une autre sorte de division afflige encore notre patrie. Il s'y est élevé une petite église, ainsi nommée parce qu'elle est peu nombreuse. Chez elle, point d'évêques ; elle ne reconnaît point le pape. Il n'y a que ces deux points qui lui soient communs avec les protestans. Elle pense sur tout le reste comme les catholiques avec lesquels elle ne veut communiquer en aucune manière. Elle est intolérante.

PHILIPPEAU.

Et par conséquent intolérable.

BAZIN.

Je ne conclus point ainsi; je dis, au contraire, qu'il faut la supporter. Qu'on la laisse tranquille, elle s'éteindra insensiblement d'elle-même. Mais j'aperçois un grand concours dans le bosquet voisin. De nouveaux hôtes viennent sans doute de nous arriver. Allons-y. Si quelqu'un vient du Mans, il nous apprendra ce qui s'y est passé depuis que je n'y suis plus.

II.ᵉ DIALOGUE,

ENTRE BAZIN ET PIERRE.

Lorsque Bazin se fut rendu dans le bosquet voisin, il fut aussi affligé que surpris d'y trouver Pierre qui venait d'arriver, et que le chagrin d'avoir perdu son maître avait fait mourir. Ils se retirèrent à l'écart, et eurent ensemble la conversation suivante :

BAZIN.

Je vous dirais, mon cher Pierre, que je suis ravi de vous voir. Si notre entrevue se faisait ailleurs ?

PIERRE.

Je me trouve fort bien dans ce séjour. Ce monde-ci vaut mieux que l'autre. Ces champs sont bien plus beaux que ceux que j'ai quittés. D'ailleurs, votre présence embellit pour moi tous les lieux.

BAZIN.

Je reconnais mon ami Pierre à ce langage. On jouit constamment ici de la plus douce température; on n'y connaît d'autre vent que le zéphir, dont le souffle léger fait ondoyer mollement la cîme des arbres; les fleurs ne s'y flétrissent jamais, elles conservent toujours leurs brillantes couleurs et leurs odeurs suaves. Ces bosquets verdoyans ne quittent jamais la parure dont vous les voyez revêtus.

PIERRE.

Les hommes ont grand tort de craindre la mort, puisqu'elle les mène dans un séjour si délicieux.

BAZIN.

Tous les hommes qui meurent ne viennent pas ici : ces belles demeures sont réservées à ceux qui ont été pendant leur vie bons, simples, modestes, vertueux, exempts de tout orgueil et de toute passion haîneuse.

PIERRE.

Je ne vois point ici, en effet, de ces visages superbes et dédaigneux que l'on rencontre si souvent dans notre France.

BAZIN.

Toutes les vaines distinctions établies là haut parmi les hommes, disparaissent ici : on ne connaît ni empereurs ni rois : tout est égal, tout est confondu.

PIERRE.

Mon maître (car je vous appellerai toujours de ce

nom, malgré l'égalité qui règne en ces lieux), je crois qu'il n'y a point ici de ceux que nous appelons Roquentins dans l'autre monde.

BAZIN.

Il n'y en aura même pas, à moins qu'ils n'aient abjuré leurs prétentions et déposé leur haîne et leur orgueil. Autrement, vous sentez bien, mon cher Pierre, qu'ils sèmeraient bientôt le trouble dans cet asile de la paix et du repos : l'Élisée deviendrait un enfer.

PIERRE.

Le Roquentin de notre village s'étant converti, pourrait donc bien venir ici quelque jour?

BAZIN.

Sans doute.

PIERRE.

Je le verrais avec plaisir, puisqu'il est devenu bon homme. J'aime les bonnes gens, moi. Ce sont vos vertus et votre bonté, et non vos talens distingués, qui ont lié inséparablement mon sort au vôtre. Ah! quel terrible moment! Plein de confiance dans votre humanité, que l'infortune n'implora jamais en vain, j'allais au Mans vous demander des secours pour une famille malheureuse, dont le chef avait perdu, pendant la réaction, un emploi qui faisait subsister lui et ses nombreux enfans. Arrivé devant votre maison, je vois les livrées lugubres de la mort. Un de vos amis s'avance vers moi, et me dit que vous en étiez l'objet : il me raconta votre triste aventure; je fus frappé au cœur; j'invoquai la mort, qui seule pouvait terminer ma douleur.

BAZIN.

Qu'il est doux d'être aimé ainsi !

PIERRE.

J'eus quelques rayons de consolation, en voyant que tous vos amis partageaient ma douleur; ils accompagnèrent en foule votre convoi funèbre : l'un d'eux répandit sur votre dernier gîte des fleurs qu'il arrosa de ses larmes : nous pleurions tous avec lui. On se propose de vous élever un mausolée. Vos bons villageois se distinguent parmi tous les autres. Les tribunaux même poursuivent l'auteur de votre mort.

BAZIN.

Je ne le desire pas; je ne connus point la rancune pendant ma vie; et, d'ailleurs, l'animosité n'habite point dans ce séjour. Je me suis battu, non par esprit de vengeance, mais pour sauver mon honneur.

PIERRE.

Votre générosité native ne peut se démentir; mais ne dites point que l'animosité est bannie de ce séjour : je sens le contraire au fond de mon cœur. Non, je ne pardonnerai jamais à celui qui voulait vous ôter l'honneur, et qui vous a ensuite ôté la vie.

BAZIN.

Il m'a procuré le repos. Mais laissons cette matière qui trouble votre âme. Dites-moi ce qui s'est passé au Mans depuis que je l'ai quitté ?

PIERRE.

Un jour j'errais dans la ville, éperdu de douleur et sans tenir de route certaine. Le hasard me conduisit devant un édifice où je voyais entrer beaucoup de monde. On me laissa entrer avec les autres : c'était justement le lieu et le jour où se faisait l'inauguration de l'école d'enseignement mutuel. M. le préfet, aux soins duquel on doit cet utile établissement, prononça un discours très-éloquent ; ensuite M. le recteur de l'Académie d'Angers, qui avait été appelé à cette solemnité, lut un discours bien fait, et même très-édifiant. En vérité, il parle aussi bien que notre curé.

BAZIN.

Y pensez-vous, Pierre, de comparer un recteur d'Académie à un curé de campagne.

PIERRE.

Je crois l'honorer. Notre curé est un habile homme, et ce qui vaut mieux, il est bon, humain, indulgent. Il nous parlait de la charte, lui. Il aurait prêté le serment que l'on appelait civique dans le temps. Mais la religion l'empêcha de prêter le serment particulier que l'on eût si grand tort d'imposer aux ecclésiastiques. Sa charité embrasse ceux qui se sont montrés patriotes pendant la révolution. Renfermé dans les fonctions de son ministère, il ne s'immisce point dans les affaires temporelles, et ne ressemble point à ces ecclésiastiques dont le temporel absorbe tellement tous les soins, que l'on serait tenté de dire qu'ils n'ont point de *spirituel*.

BAZIN.

Je connais cet honnête ecclésiastique; j'en ai parlé avec éloge, et j'aimai toujours les bons prêtres.

PIERRE.

Il en est arrivé au Mans que l'on nomment missionnaires : ce sont d'infatigables prédicateurs; ils montent en chaire deux fois par jour; ils n'aiment pas ceux qui font gras pendant le carême; ils les ont comparés à des *chiens* dans un de leurs sermons. Peut-on employer une expression plus énergique pour rendre le péché odieux.

BAZIN.

Le mot est plus qu'énergique.....

PIERRE.

On ne monte pas en chaire pour faire des complimens; il n'y en a pas dans l'évangile. Je vous dirai, cependant, que ces missionnaires m'ont donné quelque inquiétude; ils ne parlent jamais de la charte que le roi a donné à son peuple. Un citoyen, rempli de zèle et de lumières, leur a en vain adressé des reproches à ce sujet dans un papier public. Ils ne sont point sortis de leur silence. Cela ne vous paraît-il pas surprenant?

BAZIN.

Je m'y perds. Des hommes aussi éclairés ignoreraient-ils qu'il est avantageux pour le prince de ne régner que par les lois; que sa justice, sa gloire et son autorité même y sont intéressées.

PIERRE.

Peut-on écrire de l'Élisée en France?

BAZIN.

Oui; on l'a fait plusieurs fois.

PIERRE.

Mon cher maître, écrivez donc à ces messieurs, pour les inviter à prêcher l'amour du roi et de la charte, et à recommander *l'union et l'oubli* à leurs auditeurs.

BAZIN.

Il vaudra mieux que Fénélon leur écrive: je le prierai de se charger de cette commission: outre qu'il s'en acquittera mieux que moi, son nom est plus imposant que le mien.

Permettez-moi, Pierre, de vous quitter dans ce moment. Attendez-moi ici; mon absence ne sera pas longue. Je vais réunir dans le grand bosquet tous les patriotes qui sont dans l'Élisée; leur nombre n'est pas petit. Je reviendrai ensuite vous prendre pour vous conduire au milieu d'eux. Votre réputation vous a devancé dans ces lieux; je leur ai souvent parlé de Pierre, et ils seront bien aises de vous connaître personnellement.

La suite incessamment.

Au Mans, de l'imprimerie de RENAUDIN, rue des Trois-Sonnettes, N.º 9.